PAUL VALÉRY

DE L'ACADÉMIE FRANÇAISE

CHARMES

nouvelle édition revue

PARIS

Librairie Gallimard

ÉDITIONS DE LA NOUVELLE REVUE FRANÇAISE

3, rue de Grenelle (VIme)

CHARMES

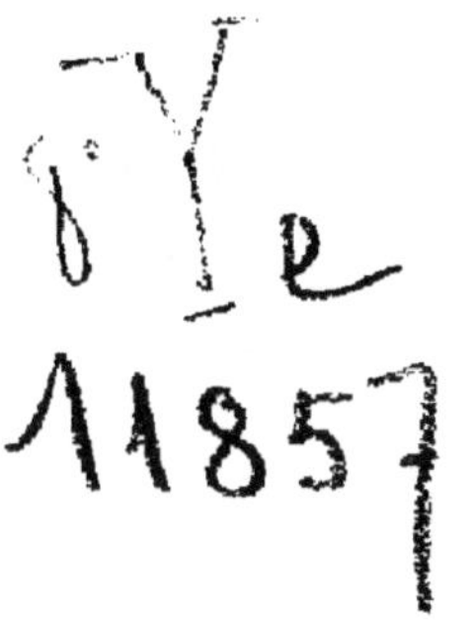

Il a été tiré de la présente édition six mille deux cent quatre vingt quatorze exemplaires savoir :

soixante quatorze exemplaires sur Roma Tiziano, dont vingt quatre exemplaires hors commerce numérotés de HC. I *à* HC. 24, *et cinquante exemplaires numérotés de* I *à* L.

deux cent vingt exemplaires sur vélin pur fil du Marais, dont vingt exemplaires hors commerce numérotés de HC. 25 *à* HC. 44 *et deux cents exemplaires numérotés de* LI *à* CCL.

et six mille exemplaires sur vélin, numérotés de I *à* 6.000.

Exemplaire numéro

LIX

PAUL VALÉRY

DE L'ACADÉMIE FRANÇAISE

CHARMES

nouvelle édition revue

PARIS

Librairie Gallimard

ÉDITIONS DE LA NOUVELLE REVUE FRANÇAISE

3, rue de Grenelle (VIme)

AURORE

A Paul Poujaud

La confusion morose
Qui me servait de sommeil,
Se dissipe dès la rose
Apparence du soleil.
Dans mon âme je m'avance,
Tout ailé de confiance :
C'est la première oraison !
A peine sorti des sables,
Je fais des pas admirables
Dans les pas de ma raison.

Salut ! encore endormies
A vos sourires jumeaux,
Similitudes amies
Qui brillez parmi les mots !
Au vacarme des abeilles
Je vous aurai par corbeilles,
Et sur l'échelon tremblant
De mon échelle dorée
Ma prudence évaporée
Déjà pose son pied blanc.

Quelle aurore sur ces croupes
Qui commencent de frémir !
Déjà s'étirent par groupes
Telles qui semblaient dormir :
L'une brille, l'autre bâille ;
Et sur un peigne d'écaille,
Égarant ses vagues doigts,
Du songe encore prochaine,
La paresseuse l'enchaîne
Aux prémisses de sa voix.

AURORE

Quoi ! c'est vous, mal déridées !
Que fîtes-vous, cette nuit,
Maîtresses de l'âme, Idées,
Courtisanes par ennui ?
— Toujours sages, disent-elles,
Nos présences immortelles
Jamais n'ont trahi ton toit !
Nous étions non éloignées,
Mais secrètes araignées
Dans les ténèbres de toi !

Ne seras-tu pas de joie
Ivre ! à voir de l'ombre issus
Cent mille soleils de soie
Sur tes énigmes tissus ?
Regarde ce que nous fîmes :
Nous avons sur tes abîmes
Tendu nos fils primitifs,
Et pris la nature nue
Dans une trame ténue
De tremblants préparatifs...

Leur toile spirituelle,
Je la brise, et vais cherchant
Dans ma forêt sensuelle
Les oracles de mon chant.
Être !... Universelle oreille !
Toute l'âme s'appareille
A l'extrême du désir...
Elle s'écoute qui tremble
Et parfois ma lèvre semble
Son frémissement saisir.

Voici mes vignes ombreuses,
Les berceaux de mes hasards !
Les images sont nombreuses
A l'égal de mes regards...
Toute feuille me présente
Une source complaisante
Où je bois ce frêle bruit...
Tout m'est pulpe, tout amande,
Tout calice me demande
Que j'attende pour son fruit.

AURORE

Je ne crains pas les épines !
L'éveil est bon, même dur !
Ces idéales rapines
Ne veulent pas qu'on soit sûr :
Il n'est pour ravir un monde
De blessure si profonde
Qui ne soit au ravisseur
Une féconde blessure,
Et son propre sang l'assure
D'être le vrai possesseur.

J'approche la transparence
De l'invisible bassin
Où nage mon Espérance
Que l'eau porte par le sein.
Son col coupe le temps vague
Et soulève cette vague
Que fait un col sans pareil...
Elle sent sous l'onde unie
La profondeur infinie,
Et frémit depuis l'orteil.

AU PLATANE

A André Fontainas

Tu penches, grand Platane, et te proposes nu,
Blanc comme un jeune Scythe,
Mais ta candeur est prise, et ton pied retenu
Par la force du site.

Ombre retentissante en qui le même azur
Qui t'emporte, s'apaise,
La noire mère astreint ce pied natal et pur
A qui la fange pèse.

AU PLATANE

De ton front voyageur les vents ne veulent pas ;
La terre tendre et sombre,
O Platane, jamais ne laissera d'un pas
S'émerveiller ton ombre !

Ce front n'aura d'accès qu'aux degrés lumineux
Où la sève l'exalte ;
Tu peux grandir, candeur, mais non rompre les nœuds
De l'éternelle halte !

Pressens autour de toi d'autres vivants liés
Par l'hydre vénérable ;
Tes pareils sont nombreux, des pins aux peupliers,
De l'yeuse à l'érable,

Qui, par les morts saisis, les pieds échevelés
Dans la confuse cendre,
Sentent les fuir les fleurs, et leurs spermes ailés
Le cours léger descendre.

Le tremble pur, le charme, et ce hêtre formé
De quatre jeunes femmes,
Ne cessent point de battre un ciel toujours fermé,
Vêtus en vain de rames.

Ils vivent séparés, ils pleurent confondus
Dans une seule absence,
Et leurs membres d'argent sont vainement fendus
A leur douce naissance.

Quand l'âme lentement qu'ils expirent le soir
Vers l'Aphrodite monte,
La vierge doit dans l'ombre, en silence, s'asseoir,
Toute chaude de honte.

Elle se sent surprendre, et pâle, appartenir
A ce tendre présage
Qu'une présente chair tourne vers l'avenir
Par un jeune visage...

Mais toi, de bras plus purs que les bras animaux,
Toi qui dans l'or les plonges,
Toi qui formes au jour le fantôme des maux
Que le sommeil fait songes,

Haute profusion de feuilles, trouble fier
Quand l'âpre tramontane
Sonne, au comble de l'or, l'azur du jeune hiver
Sur tes harpes, Platane,

Ose gémir !... Il faut, ô souple chair du bois,
Te tordre, te détordre,
Te plaindre sans te rompre, et rendre aux vents la
Qu'ils cherchent en désordre ! [voix

Flagelle-toi !... Parais l'impatient martyr
Qui soi-même s'écorche,
Et dispute à la flamme impuissante à partir
Ses retours vers la torche !

Afin que l'hymne monte aux oiseaux qui naîtront,
Et que le pur de l'âme
Fasse frémir d'espoir les feuillages d'un tronc
Qui rêve de la flamme,

Je t'ai choisi, puissant personnage d'un parc,
Ivre de ton tangage,
Puisque le ciel t'exerce, et te presse, ô grand arc,
De lui rendre un langage !

O qu'amoureusement des Dryades rival,
Le seul poète puisse
Flatter ton corps poli comme il fait du Cheval
L'ambitieuse cuisse !...

— Non, dit l'Arbre. Il dit : Non ! par l'étincellement
De sa tête superbe,
Que la tempête traite universellement
Comme elle fait une herbe !

AIR DE SÉMIRAMIS

(FRAGMENT D'UN ANCIEN POÈME)

A Camille Mauclair

[ceindre !
Dès l'aube, chers rayons, mon front songe à vous
A peine il se redresse, il voit d'un œil qui dort
Sur le marbre absolu, le temps pâle se peindre
L'heure sur moi descendre et croître jusqu'à l'or...

***

..... « Existe !... Sois enfin toi-même ! dit l'Aurore,
O grande âme, il est temps que tu formes un corps !
Hâte-toi de choisir un jour digne d'éclore,
Parmi tant d'autres feux, tes immortels trésors !

Déjà, contre la nuit, lutte l'âpre trompette !
Une lèvre vivante attaque l'air glacé ;
L'or pur, de tour en tour, éclate et se répète,
Rappelant tout l'espace aux splendeurs du passé !

Remonte aux vrais regards ! Tire-toi de tes ombres,
Et comme du nageur, dans le plein de la mer,
Le talon tout-puissant l'expulse des eaux sombres,
Toi, frappe au fond de l'être ! Interpelle ta chair,

Traverse sans retard ses invicibles trames,
Épuise l'infini de l'effort impuissant,
Et débarrasse-toi d'un désordre de drames
Qu'engendrent sur ton lit les monstres de ton sang !

J'accours de l'Orient suffire à ton caprice !
Et je viens offrir mes plus purs aliments ;
Que d'espace et de vent ta flamme se nourrisse !
Viens te joindre à l'éclat de mes pressentiments ! »

— Je réponds !... Je surgis de ma profonde absence !
Mon cœur m'arrache aux morts que frôlait mon sommeil,
Et vers mon but, grand aigle éclatant de puissance,
Il m'emporte !... Je vole au-devant du soleil !

Je ne prends qu'une rose et fuis... La belle flèche
Au flanc !... Ma tête enfante une foule de pas...
Ils courent vers ma tour favorite, où la fraîche
Altitude m'appelle, et je lui tends les bras !

Monte, ô Sémiramis, maîtresse d'une spire
Qui d'un cœur sans amour s'élance au seul honneur !
Ton œil impérial a soif du grand empire
A qui ton sceptre dur fait sentir le bonheur...

Ose l'abîme !... Passe un dernier pont de roses !
Je t'approche, péril ! Orgueil plus irrité !
Ces fourmis sont à moi ! Ces villes sont mes choses,
Ces chemins sont les traits de mon autorité !

C'est une vaste peau fauve que mon royaume !
J'ai tué le lion qui portait cette peau ;
Mais toujours le fumet du féroce fantôme
Flotte chargé de mort, et garde mon troupeau !

Enfin, j'offre au soleil le secret de mes charmes !
Jamais il n'a doré de seuil si gracieux !
De ma fragilité je goûte les alarmes
Entre le double appel de la terre et des cieux !

Repas de ma puissance, intelligible orgie,
Quel parvis vaporeux de toits et de forêts
Place au pied de la pure et divine vigie,
Ce calme éloignement d'événements secrets !

L'âme enfin sur ce faîte a trouvé ses demeures !
O de quelle grandeur, elle tient sa grandeur
Quand mon cœur soulevé d'ailes intérieures
Ouvre au ciel en moi-même une autre profondeur !

AIR DE SÉMIRAMIS

Anxieuse d'azur, de gloire consumée,
Poitrine, gouffre d'ombre aux narines de chair,
Aspire cet encens d'âmes et de fumée
Qui monte d'une ville analogue à la mer !

Soleil, soleil, regarde en toi rire mes ruches !
L'intense et sans repos Babylone bruit,
Toute rumeur de chars, clairons, chaînes de cruches
Et plaintes de la pierre au mortel qui construit.

Qu'ils flattent mon désir de temples implacables,
Les sons aigus de scie et les cris des ciseaux,
Et ces gémissements de marbres et de câbles
Qui peuplent l'air vivant de structure et d'oiseaux !

Je vois mon temple neuf naître parmi les mondes,
Et mon vœu prendre place au séjour des destins ;
Il semble de soi-même au ciel monter par ondes
Sous le bouillonnement des actes indistincts.

Peuple stupide, à qui ma puissance m'enchaîne,
Hélas ! mon orgueil même a besoin de tes bras !
Et que ferait mon cœur s'il n'aimait cette haine
Dont l'innombrable tête est si douce à mes pas ?

Plate, elle me murmure une musique telle
Que le calme de l'onde en fait de sa fureur,
Quand elle met sa force aux pieds d'une mortelle
Mais qu'elle se réserve un retour de terreur.

En vain j'entends monter contre ma face auguste
Ce murmure de crainte et de férocité :
A l'image des dieux la grande âme est injuste
Tant elle s'appareille à la nécessité !

Des douceurs de l'amour quoique parfois touchée,
Pourtant nulle tendresse et nuls apaisements
Ne me laissent captive et victime couchée
Dans les puissants liens du sommeil des amants.

AIR DE SÉMIRAMIS

Baisers, baves d'amour, basses béatitudes !
O mouvements marins des amants confondus,
Mon cœur m'a conseillé de telles solitudes
Et j'ai placé si haut mes jardins suspendus

Que mes suprêmes fleurs n'attendent que la foudre
Et qu'en dépit des pleurs des mortels les plus beaux,
A mes roses, la main qui touche tombe en poudre ;
Mes plus chers souvenirs bâtissent des tombeaux !

Qu'ils sont doux à mon cœur les temples qu'il enfante
Quand tiré lentement du songe de mes seins
Je vois un monument de masse triomphante
Joindre dans mes regards l'ombre de mes desseins !

Battez, cymbales d'or, mamelles cadencées,
Et roses palpitant sur ma pure paroi !
Que je m'évanouisse en mes vastes pensées,
Sage Sémiramis, enchanteresse et roi.

CANTIQUE DES COLONNES

A Léon-Paul Fargue

Douces colonnes, aux
Chapeaux garnis de jour,
Ornés de vrais oiseaux
Qui marchent sur le tour,

Douces colonnes, ô
L'orchestre de fuseaux !
Chacun immole son
Silence à l'unisson.

CANTIQUE DES COLONNES

— Que portez-vous si haut,
Égales radieuses ?
— Au désir sans défaut
Nos grâces studieuses !

Nous chantons à la fois
Que nous portons les cieux !
O seule et sage voix
Qui chantes pour les yeux !

Vois quels hymnes candides !
Quelle sonorité
Nos éléments limpides
Tirent de la clarté !

Si froides et dorées
Nous fûmes de nos lits
Par le ciseau tirées,
Pour devenir ces lys !

De nos lits de cristal
Nous fûmes éveillées,
Des griffes de métal
Nous ont appareillées.

Pour affronter la lune,
La lune et le soleil,
On nous polit chacune
Comme ongle de l'orteil !

Servantes sans genoux,
Sourires sans figures,
La belle devant nous
Se sent les jambes pures,

Pieusement pareilles,
Le nez sous le bandeau
Et nos riches oreilles
Sourdes au blanc fardeau,

CANTIQUE DES COLONNES

Un temple sur les yeux
Noirs pour l'éternité,
Nous allons sans les dieux
A la divinité !

Nos antiques jeunesses,
Chair mate et belles ombres,
Sont fières des finesses
Qui naissent par les nombres !

Filles des nombres d'or,
Fortes des lois du ciel,
Sur nous tombe et s'endort
Un Dieu couleur de miel.

Il dort content, le jour,
Que chaque jour offrons
Sur la table d'amour
Étale sur nos fronts.

Incorruptibles sœurs,
Mi-brûlantes, mi-fraîches,
Nous primes pour danseurs
Brises et feuilles sèches,

Et les siècles par dix,
Et les peuples passés,
C'est un profond jadis,
Jadis jamais assez !

Sous nos mêmes amours
Plus lourdes que le monde
Nous traversons les jours
Comme une pierre l'onde !

Nous marchons dans le temps
Et nos corps éclatants
Ont des pas ineffables
Qui marquent dans les fables...

FRAGMENTS DU NARCISSE

FRAGMENT DU NARCISSE

I

Cur aliquid vidi ?

Que tu brilles enfin, terme pur de ma course !

Ce soir, comme d'un cerf, la fuite vers la source
Ne cesse qu'il ne tombe au milieu des roseaux,
Ma soif me vient abattre au bord même des eaux.
Mais, pour désaltérer cette amour curieuse,
Je ne troublerai pas l'onde mystérieuse :
Nymphes ! si vous m'aimez, il faut toujours dormir !
La moindre âme dans l'air vous fait toutes frémir ;

Même, dans sa faiblesse, aux ombres échappée,
Si la feuille éperdue effleure la napée,
Elle suffit à rompre un univers dormant...
Votre sommeil importe à mon enchantement,
Il craint jusqu'au frisson d'une plume qui plonge !
Gardez-moi longuement ce visage pour songe
Qu'une absence divine est seule à concevoir !
Sommeil des nymphes, ciel, ne cessez de me voir !
Rêvez, rêvez de moi !... Sans vous, belles fontaines,
Ma beauté, ma douleur, me seraient incertaines.
Je chercherais en vain ce que j'ai de plus cher,
Sa tendresse confuse étonnerait ma chair,
Et mes tristes regards, ignorants de mes charmes,
A d'autres que moi-même adresseraient leurs larmes...

Vous attendiez, peut-être, un visage sans pleurs,
Vous calmes, vous toujours de feuilles et de fleurs,
Et de l'incorruptible altitude hantées,
O Nymphes !... Mais docile aux pentes enchantées
Qui me firent vers vous d'invincibles chemins,
Souffrez ce beau reflet des désordres humains !
Heureux vos corps fondus, Eaux planes et profondes !

Je suis seul !... Si les Dieux, les échos et les ondes
Et si tant de soupirs permettent qu'on le soit !
Seul !... Mais encor celui qui s'approche de soi
Quand il s'approche aux bords que bénit ce feuillage...
  Des cimes, l'air déjà cesse le pur pillage ;
La voix des sources change, et me parle du soir ;
Un grand calme m'écoute, où j'écoute l'espoir.
J'entends l'herbe des nuits croître dans l'ombre sainte,
Et la lune perfide élève son miroir
Jusque dans les secrets de la fontaine éteinte...
Jusque dans les secrets que je crains de savoir,
Jusque dans le repli de l'amour de soi-même,
Rien ne peut échapper au silence du soir...
La nuit vient sur ma chair lui souffler que je l'aime.
Sa voix fraîche à mes vœux tremble de consentir ;
A peine, dans la brise, elle semble mentir,
Tant le frémissement de son temple tacite
Conspire au spacieux silence d'un tel site.

  O douceur de survivre à la force du jour,
Quand elle se retire, enfin rose d'amour,
Encore un peu brûlante, et lasse, mais comblée,

Et de tant de trésors tendrement accablée
Par de tels souvenirs qu'ils empourprent sa mort,
Et qu'ils la font heureuse agenouiller dans l'or,
Puis s'étendre, se fondre, et perdre sa vendange
Et s'éteindre en un songe en qui le soir se change.
Quelle perte en soi-même offre un si calme lieu !
L'âme, jusqu'à périr, s'y penche pour un Dieu
Qu'elle demande à l'onde, onde déserte, et digne
Sur son lustre, du lisse effacement d'un cygne...

A cette onde jamais ne burent les troupeaux !
D'autres, ici perdus, trouveraient le repos, [vre...
Et dans la sombre terre, un clair tombeau qui s'ou-
Mais ce n'est pas le calme, hélas ! que j'y découvre !
Quand l'opaque délice où dort cette clarté,
Cède à mon corps l'horreur du feuillage écarté,
Alors, vainqueur de l'ombre, ô mon corps tyrannique,
Repoussant aux forêts leur épaisseur panique,
Tu regrettes bientôt leur éternelle nuit !
Pour l'inquiet Narcisse, il n'est ici qu'ennui !
Tout m'appelle et m'enchaîne à la chair lumineuse
Que m'oppose des eaux la paix vertigineuse !

Que je déplore ton éclat fatal et pur,
Si mollement de moi, fontaine environnée,
Où puisèrent mes yeux dans un mortel azur
Les yeux mêmes et noirs de leur âme étonnée !

Profondeur, profondeur, songes qui me voyez,
Comme ils verraient une autre vie,
Dites, ne suis-je pas celui que vous croyez,
Votre corps vous fait-il envie ?

Cessez, sombres esprits, cet ouvrage anxieux
Qui se fait dans l'âme qui veille ;
Ne cherchez pas en vous, n'allez surprendre aux cieux
Le malheur d'être une merveille :
Trouvez dans la fontaine un corps délicieux...

Prenant à vos regards cette parfaite proie,
Du monstre de s'aimer faites-vous un captif ;
Dans les errants filets de vos longs cils de soie
Son gracieux éclat vous retienne pensif.

Mais ne vous flattez pas de le changer d'empire.
Ce cristal est son vrai séjour ;
Les efforts mêmes de l'amour
Ne le sauraient de l'onde extraire qu'il n'expire...

Pire.
Pire ?...
Quelqu'un redit : *Pire*... O moqueur !
Écho lointaine est prompte à rendre son oracle !
De son rire enchanté, le roc brise mon cœur,
Et le silence, par miracle,
Cesse !... parle, renaît, sur la face des eaux...
Pire ?...
Pire destin !... Vous le dites, roseaux,
Qui reprîtes des vents ma plainte vagabonde !
Antres, qui me rendez mon âme plus profonde,
Vous renflez de votre ombre une voix qui se meurt ...
Vous me le murmurez, ramures !... O rumeur
Déchirante, et docile aux souffles sans figure,
Votre or léger s'agite, et joue avec l'augure...
Tout se mêle de moi, brutes divinités !
Mes secrets dans les airs sonnent ébruités,

Le roc rit ; l'arbre pleure ; et par sa voix charmante,
Je ne puis jusqu'aux cieux que je ne me lamente
D'appartenir sans force à d'éternels attraits !
Hélas ! entre les bras qui naissent des forêts,
Une tendre lueur d'heure ambiguë existe...
Là, d'un reste du jour, se forme un fiancé,
Nu, sur la place pâle où m'attire l'eau triste,
Délicieux démon désirable et glacé !

Te voici, mon doux corps de lune et de rosée,
O forme obéissante à mes vœux opposée !
Qu'ils sont beaux de mes bras les dons vastes et vains !
Mes lentes mains, dans l'or adorable se lassent
D'appeler ce captif que les feuilles enlacent ;
Mon cœur jette aux échos l'éclat des noms divins !...

Mais que ta bouche est belle en ce muet blasphème !
O semblable !... Et pourtant, plus parfait que moi-même,
Éphémère immortel, si clair devant mes yeux,
Pâles membres de perle, et ces cheveux soyeux,
Faut-il qu'à peine aimés, l'ombre les obscurcisse,

Et que la nuit déjà nous divise, ô Narcisse,
Et glisse entre nous deux le fer qui coupe un fruit !
Qu'as-tu ?
Ma plainte même est funeste ?...
Le bruit
Du souffle que j'enseigne à tes lèvres, mon double,
Sur la limpide lame a fait courir un trouble !...
Tu trembles !... Mais ces mots que j'expire à genoux
Ne sont pourtant qu'une âme hésitante entre nous,
Entre ce front si pur et ma lourde mémoire...
Je suis si près de toi que je pourrais te boire,
O visage !... Ma soif est un esclave nu...
Jusqu'à ce temps charmant je m'étais inconnu,
Et je ne savais pas me chérir et me joindre !
Mais te voir, cher esclave, obéir à la moindre
Des ombres dans mon cœur se fuyant à regret,
Voir sur mon front l'orage et les feux d'un secret,
Voir, ô merveille, voir ! ma bouche nuancée
Trahir... peindre sur l'onde une fleur de pensée,
Et quels événements étinceler dans l'œil !
J'y trouve un tel trésor d'impuissance et d'orgueil,
Que nulle vierge enfant échappée au satyre,
Nulle ! aux fuites habile, aux chutes sans émoi,

Nulle des nymphes, nulle amie, ne m'attire
Comme tu fais sur l'onde, inépuisable Moi !...

II

Fontaine, ma fontaine, eau froidement présente,
Douce aux purs animaux, aux humains complaisante
Qui d'eux-mêmes tentés, suivent au fond la mort,
Tout est songes pour toi, sœur tranquille du sort !
A peine en souvenir change-t-il un présage,
Que pareille sans cesse à son fuyant visage,
Sitôt de ton sommeil les cieux te sont ravis.
Mais si pure tu sois des êtres que tu vis,
Onde sur qui les ans passent comme les nues,
Que de choses pourtant doivent t'être connues,
Astres, roses, saisons, les corps et leurs amours !
Claire, mais si profonde, une nymphe toujours
Effleurée, et vivant de tout ce qui l'approche,
Nourrit quelque sagesse à l'abri de sa roche,

A l'ombre de ce jour qu'elle peint sous les bois.
Elle sait à jamais les choses d'une fois...
  O présence pensive, eau calme qui recueilles
Tout un sombre trésor de fables et de feuilles,
L'oiseau mort, le fruit mûr, lentement descendus,
Et les rares lueurs des clairs anneaux perdus,
Tu consommes en toi leur perte solennelle ;
Mais, sur la pureté de ta face éternelle,
L'amour passe et périt...

Quand le feuillage épars
Tremble, commence à fuir, pleure de toutes parts,
Tu vois du sombre amour s'y mêler la tourmente,
L'amant brûlant et dur ceindre la blanche amante,
Vaincre l'âme... Et tu sais selon quelle douceur
Sa main puissante passe à travers l'épaisseur
Des tresses que répand la nuque précieuse,
S'y repose, et se sent forte et mystérieuse ;
Elle parle à l'épaule et règne sur la chair.
  Alors les yeux fermés à l'éternel éther
Ne voient plus que le sang qui dore leurs paupières ;
Sa pourpre redoutable obscurcit les lumières
D'un couple aux pieds confus qui se mêle, et se ment.

Ils gémissent... La Terre appelle doucement [bouche,
Ces grands corps chancelants qui luttent bouche à
Et qui, du vierge sable osant battre la couche,
Composeront d'amour un monstre qui se meurt...
Leurs souffles ne font plus qu'une heureuse rumeur,
L'âme croit respirer l'âme toute prochaine,
Mais tu sais mieux que moi, vénérable fontaine,
Quels fruits forment toujours ces moments enchantés !
  Car, à peine les cœurs calmes et contentés
D'une ardente alliance expirée en délices,
Des amants détachés tu mires les malices,
Tu vois poindre des jours de mensonges tissus,
Et naître mille maux trop tendrement conçus !
  Bientôt, mon onde sage, infidèle et la même,
Le Temps mène ces fous qui crurent que l'on aime
Redire à tes roseaux de plus profonds soupirs !
Vers toi, leurs tristes pas suivent leurs souvenirs...
Sur tes bords, accablés d'ombres et de faiblesse,
Tout éblouis d'un ciel dont la beauté les blesse
Tant il garde l'éclat de leurs jours les plus beaux,
Ils vont des biens perdus trouver tous les tombeaux...
« Cette place dans l'ombre était tranquille et nôtre ! »
« L'autre aimait ce cyprès, se dit le cœur de l'autre,

« Et d'ici, nous goûtions le souffle de la mer ! »
Hélas ! la rose même est amère dans l'air...
Moins amers les parfums des suprêmes fumées
Qu'abandonnent au vent les feuilles consumées !...
  Ils respirent ce vent, marchent sans le savoir,
Foulent aux pieds le temps d'un jour de désespoir...
O marche lente, prompte, et pareille aux pensées
Qui parlent tour à tour aux têtes insensées !
La caresse et le meurtre hésitent dans leurs mains,
Leur cœur, qui croit se rompre au détour des chemins,
Lutte, et retient à soi son espérance étreinte.
Mais leurs esprits perdus courent ce labyrinthe
Où s'égare celui qui maudit le soleil !
Leur folle solitude, à l'égal du sommeil,
Peuple et trompe l'absence ; et leur secrète oreille
Partout place une voix qui n'a point de pareille.
Rien ne peut dissiper leurs songes absolus ;
Le soleil ne peut rien contre ce qui n'est plus !
Mais s'ils traînent dans l'or leurs yeux secs et funèbres,
Ils se sentent des pleurs défendre leurs ténèbres
Plus chères à jamais que tous les feux du jour !
Et dans ce corps caché tout marqué de l'amour,
Que porte amèrement l'âme qui fut heureuse

Brûle un secret baiser qui la rend furieuse...
Mais moi, Narcisse aimé, je ne suis curieux
Que de ma seule essence ;
Tout autre n'a pour moi qu'un cœur mystérieux,
Tout autre n'est qu'absence.
O mon bien souverain, cher corps, je n'ai que toi !
Le plus beau des mortels ne peut chérir que soi...

Douce et dorée, est-il une idole plus sainte,
De toute une forêt qui se consume, ceinte,
Et sise dans l'azur vivant par tant d'oiseaux ?
Est-il don plus divin de la faveur des eaux,
Et d'un jour qui se meurt plus adorable usage
Que de rendre à mes yeux l'honneur de mon visage ?
Naisse donc entre nous que la lumière unit
De grâce et de silence un échange infini !
Je vous salue, enfant de mon âme et de l'onde
Cher trésor d'un miroir qui partage le monde !
Ma tendresse y vient boire, et s'enivre de voir
Un désir sur soi-même essayer son pouvoir !
O qu'à tous mes souhaits, que vous êtes semblable !
Mais la fragilité vous fait inviolable,

Vous n'êtes que lumière, adorable moitié
D'une amour trop pareille à la faible amitié !
  Hélas ! la nymphe même a séparé nos charmes !
Puis-je espérer de toi que de vaines alarmes ?
Se surprendre soi-même et soi-même saisir,
Nos mains s'entremêler, nos maux s'entre-détruire,
Nos silences longtemps de leurs songes s'instruire,
La même nuit en pleurs confondre nos yeux clos,
Et nos bras refermés sur les mêmes sanglots
Étreindre un même cœur, d'amour prêt à se fondre...
  Quitte enfin le silence, ose enfin me répondre,
Bel et cruel Narcisse, inaccessible enfant,
Tout orné de mes biens que la nymphe défend...

III

...Ce corps si pur, sait-il qu'il me puisse séduire ?
De quelle profondeur songes-tu de m'instruire,
Habitant de l'abîme, hôte si spécieux
D'un ciel sombre ici-bas précipité des cieux ?...
  O le frais ornement de ma triste tendance
Qu'un sourire si proche, et plein de confidence,
Et qui prête à ma lèvre une ombre de danger
Jusqu'à me faire craindre un désir étranger !
Quel souffle vient à l'onde offrir ta froide rose !...
J'aime... J'aime !... Et qui donc peut aimer autre
Que soi-même ?... [chose
            Toi seul, ô mon corps, mon cher corps,
Je t'aime, unique objet qui me défends des morts !

. . . .

Formons, toi sur ma lèvre, et moi, dans mon silence,
Une prière aux dieux qu'émus de tant d'amour,
Sur sa pente de pourpre ils arrêtent le jour !...
Faites, Maîtres heureux, Pères des justes fraudes,
Dites qu'une lueur de rose ou d'émeraudes
Que des songes du soir, votre sceptre reprit,
Pure, et toute pareille au plus pur de l'esprit,
Attende, au sein des cieux, que tu vives et veuilles,
Près de moi, mon amour, choisir un lit de feuilles,
Sortir tremblant du flanc de la nymphe au cœur froid,
Et sans quitter mes yeux, sans cesser d'être moi,
Tendre ta forme fraîche, et cette claire écorce...
Oh ! te saisir, enfin !... Prendre ce calme torse
Plus pur que d'une femme, et non formé de fruits...
Mais, d'une pierre simple est le temple où je suis,
Où je vis... Car je vis sur tes lèvres avares !...
   O mon corps, mon cher corps, temple qui me sépares
De ma divinité, je voudrais apaiser
Votre bouche... Et bientôt, je briserais, baiser,
Ce peu qui nous défend de l'extrême existence,
Cette tremblante, frêle, et pieuse distance
Entre moi-même et l'onde, et mon âme, et les dieux !...
   Adieu... Sens-tu frémir mille flottants adieux ?

Bientôt va frissonner le désordre des ombres ! [bres,
L'arbre aveugle vers l'arbre étend ses membres som-
Et cherche affreusement l'arbre qui disparaît...
Mon âme ainsi se perd dans sa propre forêt,
Où la puissance échappe à ses formes suprêmes...
L'âme, l'âme aux yeux noirs, touche aux ténèbres
Elle se fait immense et ne rencontre rien... [mêmes,
Entre la mort et soi, quel regard est le sien !
 Dieux ! de l'auguste jour, le pâle et tendre reste
Va des jours consumés joindre le sort funeste ;
Il s'abîme aux enfers du profond souvenir !
Hélas ! corps misérable, il est temps de s'unir...
Penche-toi... Baise-toi. Tremble de tout ton être !
L'insaisissable amour que tu me vins promettre
Passe, et dans un frisson, brise Narcisse, et fuit..,

L'ABEILLE

A Francis de Miomandre

Quelle, et si fine, et si mortelle,
Que soit ta pointe, blonde abeille,
Je n'ai, sur ma tendre corbeille,
Jeté qu'un songe de dentelle.

Pique du sein la gourde belle,
Sur qui l'Amour meurt ou sommeille,
Qu'un peu de moi-même vermeille
Vienne à la chair ronde et rebelle !

J'ai grand besoin d'un prompt tourment :
Un mal vif et bien terminé
Vaut mieux qu'un supplice dormant !

Soit donc mon sens illuminé
Par cette infime alerte d'or
Sans qui l'Amour meurt et s'endort !

POÉSIE

Par la surprise saisie,
Une bouche qui buvait
Au sein de la Poésie
En sépare son duvet :

— O ma mère Intelligence,
De qui la douceur coulait,
Quelle est cette négligence
Qui laisse tarir son lait !

POÉSIE

A peine, sur ta poitrine,
Accablé de blancs liens,
Me berçait l'onde marine
De ton cœur chargé de biens :

A peine, dans ton ciel sombre,
Abattu sur ta beauté,
Je sentais, à boire l'ombre,
M'envahir une clarté,

Dieu perdu dans ton essence,
Et délicieusement
Docile à la connaissance
Du suprême apaisement,

Je touchais à la nuit pure,
Je ne savais plus mourir,
Car un fleuve sans coupure
Me semblait me parcourir...

Dis, par quelle crainte vaine,
Par quelle ombre de dépit,
Cette merveilleuse veine
A mes lèvres se rompit ?

O rigueur, tu m'es un signe
Qu'à mon âme je déplus !
Le silence au vol de cygne
Entre nous ne règne plus !

Immortelle, ta paupière
Me refuse mes trésors,
Et la chair s'est faite pierre
Qui fut tendre sous mon corps !

Des cieux même tu me sèvres,
Par quel injuste retour ?
Que seras-tu sans mes lèvres ?
Que serai-je sans amour ?

Mais la Source suspendue
Lui répond sans dureté :
— Si fort vous m'avez mordue
Que mon cœur s'est arrêté !

LES PAS

Tes pas, enfants de mon silence,
Saintement, lentement placés,
Vers le lit de ma vigilance
Procèdent muets et glacés.

Personne pure, ombre divine,
Qu'ils sont doux, tes pas retenus !
Dieux !... tous les dons que je devine
Viennent à moi sur ces pieds nus !

LES PAS

Si, de tes lèvres avancées,
Tu prépares pour l'apaiser,
A l'habitant de mes pensées
La nourriture d'un baiser,

Ne hâte pas cet acte tendre,
Douceur d'être et de n'être pas,
Car j'ai vécu de vous attendre,
Et mon cœur n'était que vos pas.

LA CEINTURE

Quand le ciel couleur d'une joue
Laisse enfin les yeux le chérir,
Et qu'au point doré de périr
Dans les roses le temps se joue,

Devant le muet de plaisir
Qu'enchaîne une telle peinture,
Danse une Ombre à libre ceinture
Que le soir est près de saisir.

Cette ceinture vagabonde
Fait dans le souffle aérien
Frémir le suprême lien
De mon silence avec ce monde...

Absent, présent... Je suis bien seul,
Et sombre, ô suave linceul !

LA DORMEUSE

A Lucien Fabre

Quels secrets dans son cœur brûle ma jeune amie,
Ame par le doux masque aspirant une fleur ?
De quels vains aliments sa naïve chaleur
Fait ce rayonnement d'une femme endormie ?

Souffle, songes, silence, invincible accalmie,
Tu triomphes, ô paix plus puissante qu'un pleur,
Quand de ce plein sommeil l'onde grave et l'ampleur
Conspirent sur le sein d'une telle ennemie.

Dormeuse, amas doré d'ombres et d'abandons,
Ton repos redoutable est chargé de tels dons,
O biche avec langueur longue auprès d'une grappe,

Que malgré l'âme absente, occupée aux enfers,
Ta forme au ventre pur qu'un bras fluide drape,
Veille ; ta forme veille, et mes yeux sont ouverts.

LA PYTHIE

LA PYTHIE

A Pierre Louys

La Pythie exhalant la flamme
De naseaux durcis par l'encens,
Haletante, ivre, hurle !... l'âme
Affreuse, et les flancs mugissants !
Pâle, profondément mordue,
Et la prunelle suspendue
Au point le plus haut de l'horreur,
Le regard qui manque à son masque
S'arrache vivant à la vasque
A la fumée, à la fureur !

Sur le mur, son ombre démente
Où domine un démon majeur,
Parmi l'odorante tourmente
Prodigue un fantôme nageur,
De qui la transe colossale,
Rompant les aplombs de la salle,
Si la folle tarde à hennir,
Mime de noirs enthousiasmes,
Hâte les dieux, presse les spasmes
De s'achever dans l'avenir !

Cette martyre en sueurs froides,
Ses doigts sur ses doigts se crispant,
Vocifère entre les ruades
D'un trépied qu'étrangle un serpent :
— Ah ! maudite !... Quels maux je souffre !
Toute ma nature est un gouffre !
Hélas ! Entr'ouverte aux esprits,
J'ai perdu mon propre mystère !...
Une Intelligence adultère
Exerce un corps qu'elle a compris !

Don cruel !... Maître immonde, cesse
Vite, vite, ô divin ferment,
De feindre une vaine grossesse
Dans ce pur ventre sans amant !
Fais finir cette horrible scène !
Vois de tout mon corps l'arc obscène
Tendre à se rompre pour darder
Comme son trait le plus infâme,
Implacablement au ciel l'âme
Que mon sein ne peut plus garder !

Qui me parle, à ma place même ?
Quel écho me répond : Tu mens !
Qui m'illumine ?... Qui blasphème ?
Et qui, de ces mots écumants,
Dont les éclats hachent ma langue,
La fait brandir une harangue
Brisant la bave et les cheveux
Que mâche et trame le désordre
D'une bouche qui veut se mordre
Et se reprendre ses aveux ?

Dieu ! Je ne me connais de crime
Que d'avoir à peine vécu !...
Mais si tu me prends pour victime
Et sur l'autel d'un corps vaincu
Si tu courbes un monstre, tue
Ce monstre, et la bête abattue,
Le col tranché, le chef produit
Par les crins qui tirent les tempes,
Que cette plus pâle des lampes
Saisisse de marbre la nuit !

Alors, par cette vagabonde
Morte, errante, et lune à jamais,
Soit l'eau des mers surprise, et l'onde
Astreinte à d'éternels sommets !
Que soient les humains faits statues,
Les cœurs figés, les âmes tues,
Et par les glaces de mon œil,
Puisse un peuple de leurs paroles
Durcir en un peuple d'idoles
Muet de sottise et d'orgueil !

Eh ! Quoi !... Devenir la vipère
Dont tout le ressort de frissons
Surprend la chair que désespère
Sa multitude de tronçons !...
Reprendre une lutte insensée !...
Tourne donc plutôt ta pensée
Vers la joie enfuie, et reviens,
O mémoire, à cette magie
Qui ne tirait son énergie
D'autres arcanes que des tiens !

Mon cher corps !... Forme préférée,
Fraîcheur par qui ne fut jamais
Aphrodite désaltérée,
Intacte nuit, tendres sommets,
Et vos partages indicibles
D'une argile en îles sensibles,
Douce matière de mon sort,
Quelle alliance nous vécûmes,
Avant que le don des écumes
Ait fait de toi ce corps de mort !

Toi, mon épaule, où l'or se joue
D'une fontaine de noirceur,
J'aimais de te joindre ma joue
Fondue à sa même douceur !...
Ou, soulevée à mes narines.
Ouverte aux distances marines,
Les mains pleines de seins vivants,
Entre mes bras aux belles anses
Mon abîme a bu les immenses
Profondeurs qu'apportent les vents !

Hélas ! ô roses, toute lyre
Contient la modulation !
Un soir, de mon triste délire
Parut la constellation !
Le temple se change dans l'antre,
Et l'ouragan des songes entre
Au même ciel qui fut si beau !
Il faut gémir, il faut atteindre
Je ne sais quelle extase, et ceindre
Ma chevelure d'un lambeau !

Ils m'ont connue aux bleus stigmates
Apparus sur ma pauvre peau ;
Ils m'assoupirent d'aromates
Laineux et doux comme un troupeau ;
Ils ont, pour vivant amulette,
Touché ma gorge qui halète
Sous les ornements vipérins ;
Étourdie, ivre d'empyreumes,
Ils m'ont au murmure des neumes,
Rendu des honneurs souterrains.

Qu'ai-je donc fait qui me condamne
Pure, à ces rites odieux ?
Une sombre carcasse d'âne
Eût bien servi de ruche aux dieux !
Mais une vierge consacrée,
Une conque neuve et nacrée
Ne doit à la divinité
Que sacrifice et que silence,
Et cette intime violence
Que se fait la virginité !

Pourquoi, Puissance Créatrice,
Auteur du mystère animal,
Dans cette vierge pour matrice,
Semer les merveilles du mal ?
Sont-ce les dons que tu m'accordes ?
Crois-tu, quand se brisent les cordes
Que le son jaillisse plus beau ?
Ton plectre a frappé sur mon torse,
Mais tu ne lui laisses la force
Que de sonner comme un tombeau !

Sois clémente, sois sans oracles !
Et de tes merveilleuses mains,
Change en caresses les miracles,
Retiens les présents surhumains !
C'est en vain que tu communiques
A nos faibles tiges, d'uniques
Commotions de ta splendeur !
L'eau tranquille est plus transparente
Que toute tempête parente
D'une confuse profondeur !

Va, la lumière la divine
N'est pas l'épouvantable éclair
Qui nous devance et nous devine
Comme un songe cruel et clair !
Il éclate !... Il va nous instruire !...
Non !... La solitude vient luire
Dans la plaie immense des airs
Où nulle pâle architecture
Mais la déchirante rupture
Nous imprime de purs déserts !

N'allez donc, mains universelles,
Tirer de mon front orageux
Quelques suprêmes étincelles !
Les hasards font les mêmes jeux !
Le passé, l'avenir sont frères
Et par leurs visages contraires
Une seule tête pâlit
De ne voir où qu'elle regarde
Qu'une même absence hagarde
D'îles plus belles que l'oubli.

Noirs témoins de tant de lumières
Ne cherchez plus... pleurez, mes yeux !...
O pleurs dont les sources premières
Sont trop profondes dans les cieux !...
Jamais plus amère demande !...
Mais la prunelle la plus grande
De ténèbres se doit nourrir !
Tenant notre race atterrée,
La distance désespérée
Nous laisse le temps de mourir !

Entends, mon âme, entends ces fleuves !...
Quelles cavernes sont ici ?
Est-ce mon sang ?... Sont-ce les neuves
Rumeurs des ondes sans merci ?
Mes secrets sonnent leurs aurores !
Tristes airains, tempes sonores,
Que dites-vous de l'avenir !
Frappez, frappez, dans une roche,
Abattez l'heure la plus proche...
Mes deux natures vont s'unir !

O formidablement gravie,
Et sur d'effrayants échelons,
Je sens dans l'arbre de ma vie
La mort monter de mes talons !
Le long de ma ligne frileuse,
Le doigt mouillé de la fileuse
Trace une atroce volonté !
Et par sanglots grimpe la crise
Jusque dans ma nuque où se brise
Une cime de volupté !

Ah ! brise les portes vivantes !
Fais craquer les vains scellements,
Épais troupeau des épouvantes,
Hérissé d'étincellements !
Surgis des étables funèbres
Où te nourrissaient mes ténèbres
De leur fabuleuse foison !
Bondis, de rêves trop repue,
O horde épineuse et crépue,
Et viens fumer dans l'or, Toison !

* * *

Telle, toujours plus tourmentée
Déraisonne, râle et rugit
La prophétesse fomentée
Par les souffles de l'or rougi.
Mais enfin le Ciel se déclare !
L'oreille du pontife hilare
S'aventure dans le futur :
Une attente sainte la penche,
Car une voix nouvelle et blanche
Échappe de ce corps impur :

* * *

Honneur des Hommes, Saint Langage,
Discours prophétique et paré,
Belles chaînes en qui s'engage
Le dieu dans la chair égaré,
Illumination, largesse !
Voici parler une Sagesse
Et sonner cette auguste Voix
Qui se connaît quand elle sonne
N'être plus la voix de personne
Tant que des ondes et des bois !

LE SYLPHE

Ni vu ni connu
Je suis le parfum
Vivant et défunt
Dans le vent venu !

Ni vu ni connu,
Hasard ou génie ?
A peine venu
La tâche est finie !

Ni lu ni compris ?
Aux meilleurs esprits
Que d'erreurs promises !

Ni vu ni connu,
Le temps d'un sein nu
Entre deux chemises !

L'INSINUANT

O Courbes, méandre,
Secrets du menteur,
Est-il art plus tendre
Que cette lenteur ?

Je sais où je vais,
Je t'y veux conduire,
Mon dessein mauvais
N'est pas de te nuire...

(Quoique souriante,
En pleine fierté,
Tant de liberté
La désoriente !)

O Courbes, méandre,
Secrets du menteur,
Je veux faire attendre
Le mot le plus tendre.

LA FAUSSE MORTE

Humblement, tendrement, sur le tombeau charmant,
Sur l'insensible monument,
Que d'ombres, d'abandons, et d'amour prodiguée,
Forme ta grâce fatiguée,
Je meurs, je meurs sur toi, je tombe et je m'abats,

Mais à peine abattu sur le sépulcre bas,
Dont la close étendue aux cendres me convie,
Cette mort apparente en qui revient la vie,
Frémit, rouvre les yeux, m'illumine et me mord,
Et m'arrache toujours une nouvelle mort
Plus précieuse que la vie.

ÉBAUCHE D'UN SERPENT

ÉBAUCHE D'UN SERPENT

A Henri Ghéon

Parmi l'arbre, la brise berce
La vipère que je vêtis ;
Un sourire, que la dent perce
Et qu'elle éclaire d'appétits,
Sur le Jardin se risque et rôde,
Et mon triangle d'émeraude
Tire sa langue à double fil...
Bête je suis, mais bête aiguë,
De qui le venin quoique vil
Laisse loin la sage ciguë !

Suave est ce temps de plaisance !
Tremblez, mortels ! Je suis bien fort
Quand jamais à ma suffisance,
Je bâille à briser le ressort !
La splendeur de l'azur aiguise
Cette guivre qui me déguise
D'animale simplicité ;
Venez à moi, race étourdie !
Je suis debout et dégourdie,
Pareille à la nécessité !

Soleil, soleil !... Faute éclatante !
Toi qui masques la mort, Soleil,
Sous l'azur et l'or d'une tente
Où les fleurs tiennent leur conseil ;
Par d'impénétrables délices,
Toi, le plus fier de mes complices,
Et de mes pièges le plus haut,
Tu gardes les cœurs de connaître
Que l'univers n'est qu'un défaut
Dans la pureté du Non-être !

Grand Soleil, qui sonnes l'éveil
A l'être, et de feux l'accompagnes,
Toi qui l'enfermes d'un sommeil
Trompeusement peint de campagnes,
Fauteur des fantômes joyeux
Qui rendent sujette des yeux
La présence obscure de l'âme,
Toujours le mensonge m'a plu
Que tu répands sur l'absolu
O Roi des ombres fait de flamme !

Verse-moi ta brute chaleur,
Où vient ma paresse glacée
Rêvasser de quelque malheur
Selon ma nature enlacée...
Ce lieu charmant qui vit la chair
Choir et se joindre m'est très cher !
Ma fureur, ici, se fait mûre.
Je la conseille et la recuis,
Je m'écoute, et dans mes circuits,
Ma méditation murmure...

O vanité ! Cause Première !
Celui qui règne dans les Cieux,
D'une voix qui fut la lumière
Ouvrit l'univers spacieux.
Comme las de son pur spectacle,
Dieu lui-même a rompu l'obstacle
De sa parfaite éternité ;
Il se fit Celui qui dissipe
En conséquences, son Principe,
En étoiles, son Unité.

Cieux, son erreur ! Temps, sa ruine !
Et l'abîme animal, béant !...
Quelle chute dans l'origine
Étincelle au lieu de néant !...
Mais, le premier mot de son Verbe,
MOI !... Des astres le plus superbe
Qu'ait parlés le fou créateur,
Je suis !... Je serai !... J'illumine
La diminution divine
De tous les feux du Séducteur !

Objet radieux de ma haine,
Vous que j'aimais éperdument,
Vous qui dûtes de la géhenne
Donner l'empire à cet amant,
Regardez-vous dans ma ténèbre !
Devant votre image funèbre,
Orgueil de mon sombre miroir,
Si profond fut votre malaise
Que votre souffle sur la glaise
Fut un soupir de désespoir !

En vain, Vous avez, dans la fange,
Pétri de faciles enfants,
Qui de Vos actes triomphants
Tout le jour Vous fissent louange !
Sitôt pétris, sitôt soufflés,
Maître Serpent les a sifflés,
Les beaux enfants que Vous créâtes !
Holà ! dit-il, nouveaux venus !
Vous êtes des hommes tout nus,
O bêtes blanches et béates !

A la ressemblance exécrée,
Vous fûtes faits, et je vous hais !
Comme je hais le Nom qui crée
Tant de prodiges imparfaits !
Je suis Celui qui modifie,
Je retouche au cœur qui s'y fie,
D'un doigt sûr et mystérieux !...
Nous changerons ces molles œuvres,
Et ces évasives couleuvres
En des reptiles furieux !

Mon Innombrable Intelligence
Touche dans l'âme des humains
Un instrument de ma vengeance
Qui fut assemblé de tes mains ;
Et ta Paternité voilée,
Quoique, dans sa chambre étoilée,
Elle n'accueille que l'encens,
Toutefois l'excès de mes charmes
Pourra de lointaines alarmes
Troubler ses desseins tout-puissants !

Je vais, je viens, je glisse, plonge,
Je disparais dans un cœur pur !
Fut-il jamais de sein si dur
Qu'on n'y puisse loger un songe ?
Qui que tu sois, ne suis-je point
Cette complaisance qui poind
Dans ton âme, lorsqu'elle s'aime ?
Je suis au fond de sa faveur
Cette inimitable saveur
Que tu ne trouves qu'à toi-même !

Ève, jadis, je la surpris,
Parmi ses premières pensées,
La lèvre entr'ouverte aux esprits
Qui naissaient des roses bercées.
Cette parfaite m'apparut,
Son flanc vaste et d'or parcouru
Ne craignant le soleil ni l'homme ;
Tout offerte aux regards de l'air,
L'âme encore stupide, et comme
Interdite au seuil de la chair.

O masse de béatitude,
Tu es si belle, juste prix
De la toute sollicitude
Des bons et des meilleurs esprits !
Pour qu'à tes lèvres ils soient pris
Il leur suffit que tu soupires !
Les plus purs s'y penchent les pires,
Les plus durs sont les plus meurtris...
Jusques à moi, tu m'attendris,
De qui relèvent les vampires !

Oui ! De mon poste de feuillage,
Reptile aux extases d'oiseau,
Cependant que mon babillage
Tissait de ruses le réseau,
Je te buvais, ô belle sourde !
Calme, claire, de charmes lourde,
Je dominais furtivement,
L'œil dans l'or ardent de ta laine,
Ta nuque énigmatique et pleine
Des secrets de ton mouvement !

J'étais présent comme une odeur,
Comme l'arome d'une idée
Dont ne puisse être élucidée
L'insidieuse profondeur !
Et je t'inquiétais, candeur,
O chair mollement décidée,
Sans que je t'eusse intimidée,
A chanceler dans la splendeur !
Bientôt, je t'aurai, je parie,
Déjà ta nuance varie !

(La superbe simplicité
Demande d'immenses égards !
Sa transparence de regards,
Sottise, orgueil, félicité.
Gardent bien la belle cité !
Sachons lui créer des hasards,
Et par ce plus rare des arts,
Soit le cœur pur sollicité ;
C'est là mon fort, c'est là mon fin,
A moi les moyens de ma fin !)

Or, d'une éblouissante bave,
Filons les systèmes légers
Où l'oisive et l'Ève suave
S'engage en de vagues dangers !
Que sous une charge de soie,
Tremble la peau de cette proie
Accoutumée au seul azur !...
Mais de gaze point de subtile,
Ni de fil invisible et sûr,
Plus qu'une trame de mon style !

Dore, langue ! dore-lui les
Plus doux des dits que tu connaisses !
Allusions, fables, finesses,
Mille silences ciselés,
Use de tout ce qui lui nuise :
Rien qui ne flatte et ne l'induise
A se perdre dans mes desseins,
Docile à ces pentes qui rendent
Aux profondeurs des bleus bassins
Les ruisseaux qui des cieux descendent !

O quelle prose non pareille,
Que d'esprit n'ai-je pas jeté
Dans le dédale duveté
De cette merveilleuse oreille !
Là, pensais-je, rien de perdu ;
Tout profite au cœur suspendu !
Sûr triomphe ! si ma parole,
De l'âme obsédant le trésor,
Comme une abeille une corolle
Ne quitte plus l'oreille d'or !

« Rien, lui soufflais-je, n'est moins sûr
Que la parole divine, Ève !
Une science vive crève
L'énormité de ce fruit mûr !
N'écoute l'Être vieil et pur
Qui maudit la morsure brève !
Que si ta bouche fait un rêve,
Cette soif qui songe à la sève,
Ce délice à demi futur,
C'est l'éternité fondante, Ève ! »

Elle buvait mes petits mots
Qui bâtissaient une œuvre étrange ;
Son œil, parfois, perdait un ange
Pour revenir à mes rameaux.
Le plus rusé des animaux
Qui te raille d'être si dure,
O perfide et grosse de maux,
N'est qu'une voix dans la verdure !
— Mais sérieuse l'Ève était
Qui sous la branche l'écoutait !

« Ame, disais-je, doux séjour
De toute extase prohibée,
Sens-tu la sinueuse amour
Que j'ai du Père dérobée ?
Je l'ai, cette essence du Ciel,
A des fins plus douces que miel
Délicatement ordonnée...
Prends de ce fruit... Dresse ton bras
Pour cueillir ce que tu voudras
Ta belle main te fut donnée ! »

Quel silence battu d'un cil !
Mais quel souffle sous le sein sombre
Que mordait l'Arbre de son ombre !
L'autre brillait comme un pistil !
— *Siffle, siffle !* me chantait-il !
Et je sentais frémir le nombre,
Tout le long de mon fouet subtil,
De ces replis dont je m'encombre :
Ils roulaient depuis le béryl
De ma crête, jusqu'au péril !

Génie ! O longue impatience !
A la fin, les temps sont venus,
Qu'un pas vers la neuve Science
Va donc jaillir de ces pieds nus !
Le marbre aspire, l'or se cambre !
Ces blondes bases d'ombre et d'ambre
Tremblent au bord du mouvement !...
Elle chancelle, la grande urne
D'où va fuir le consentement
De l'apparente taciturne !

Du plaisir que tu te proposes
Cède, cher corps, cède aux appâts !
Que ta soif de métamorphoses
Autour de l'Arbre du Trépas
Engendre une chaîne de poses !
Viens sans venir ! Forme des pas
Vaguement comme lourds de roses...
Danse, cher corps... Ne pense pas !
Ici les délices sont causes
Suffisantes au cours des choses !...

O follement que je m'offrais
Cette infertile jouissance :
Voir le long pur d'un dos si frais
Frémir la désobéissance !...
Déjà délivrant son essence
De sagesse et d'illusions,
Tout l'Arbre de la Connaissance
Échevelé de visions,
Agitait son grand corps qui plonge
Au soleil, et suce le songe !

ÉBAUCHE D'UN SERPENT

Arbre, grand Arbre, Ombre des Cieux,
Irrésistible Arbre des arbres,
Qui dans les faiblesses des marbres,
Poursuis des sucs délicieux,
Toi qui pousses tels labyrinthes
Par qui les ténèbres étreintes
S'iront perdre dans le saphir
De l'éternelle matinée,
Douce perte, arome ou zéphir,
Ou colombe prédestinée,

O Chanteur, ô secret buveur
Des plus profondes pierreries,
Berceau du reptile rêveur
Qui jeta l'Ève en rêveries,
Grand Être agité de savoir,
Qui toujours, comme pour mieux voir,
Grandis à l'appel de ta cime,
Toi qui dans l'or très pur promeus
Tes bras durs, tes rameaux fumeux,
D'autre part, creusant vers l'abîme,

Tu peux repousser l'infini
Qui n'est fait que de ta croissance,
Et de la tombe jusqu'au nid
Te sentir toute Connaissance !
Mais ce vieil amateur d'échecs,
Dans l'or oisif des soleils secs,
Sur ton branchage vient se tordre ;
Ses yeux font frémir ton trésor.
Il en cherra des fruits de mort,
De désespoir et de désordre !

Beau serpent, bercé dans le bleu,
Je siffle, avec délicatesse,
Offrant à la gloire de Dieu
Le triomphe de ma tristesse...
Il me suffit que dans les airs,
L'immense espoir de fruits amers
Affole les fils de la fange...
— Cette soif qui te fit géant,
Jusqu'à l'Être exalte l'étrange
Toute-Puissance du Néant !

LES GRENADES

Dures grenades entr'ouvertes
Cédant à l'excès de vos grains,
Je crois voir des fronts souverains
Éclatés de leurs découvertes !

Si les soleils par vous subis,
O grenades entrebâillées,
Vous ont fait d'orgueil travaillées,
Craquer les cloisons de rubis,

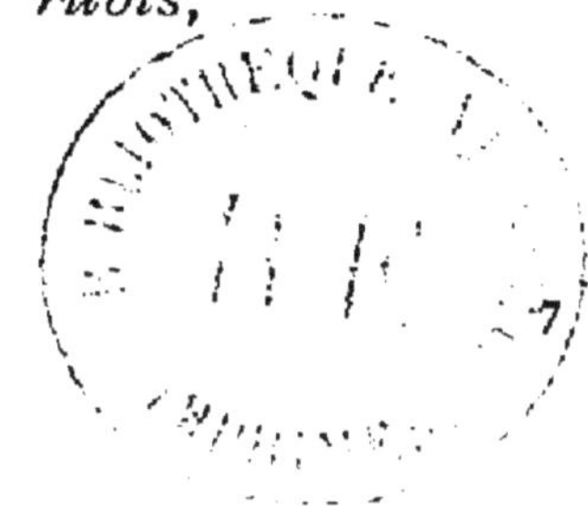

Et que si l'or sec de l'écorce
A la demande d'une force
Crève en gemmes rouges de jus,

Cette lumineuse rupture
Fait rêver une âme que j'eus
De sa secrète architecture.

LE VIN PERDU

J'ai, quelque jour, dans l'Océan,
(Mais je ne sais plus sous quels cieux),
Jeté, comme offrande au néant,
Tout un peu de vin précieux...

Qui voulut ta perte, ô liqueur ?
J'obéis peut-être au devin ?
Peut-être au souci de mon cœur,
Songeant au sang, versant le vin ?

Sa transparence accoutumée
Après une rose fumée
Reprit aussi pure la mer...

Perdu ce vin, ivres les ondes !...
J'ai vu bondir dans l'air amer
Les figures les plus profondes...

INTÉRIEUR

Une esclave aux longs yeux chargés de molles chaînes
Change l'eau de mes fleurs, plonge aux glaces pro-
Au lit mystérieux prodigue ses doigts purs ; [chaines,
Elle met une femme au milieu de ces murs,
Qui dans ma rêverie errant avec décence,
Passe entre mes regards sans briser leur absence,
Comme passe le verre au travers du soleil,
Et de la raison pure épargne l'appareil.

LE CIMETIÈRE MARIN

Μή, φίλα ψυχά, βίου ἀθάνατον σπεῦδε,
τὰν δ'ἔμπρακτον ἄντλει μαχαναν.

Pindare - Pythiques III.

LE CIMETIÈRE MARIN

Ce toit tranquille, où marchent des colombes,
Entre les pins palpite, entre les tombes ;
Midi le juste y compose de feux
La mer, la mer, toujours recommencée !
O récompense après une pensée
Qu'un long regard sur le calme des dieux !

Quel pur travail de fins éclairs consume
Maint diamant d'imperceptible écume,
Et quelle paix semble se concevoir !
Quand sur l'abîme un soleil se repose,
Ouvrages purs d'une éternelle cause,
Le temps scintille et le songe est savoir.

Stable trésor, temple simple à Minerve,
Masse de calme, et visible réserve,
Eau sourcilleuse, Œil qui gardes en toi
Tant de sommeil sous un voile de flamme,
O mon silence !... Édifice dans l'âme,
Mais comble d'or aux mille tuiles, Toit !

Temple du Temps, qu'un seul soupir résume,
A ce point pur je monte et m'accoutume,
Tout entouré de mon regard marin ;
Et comme aux dieux mon offrande suprême,
La scintillation sereine sème
Sur l'altitude un dédain souverain.

Comme le fruit se fond en jouissance,
Comme en délice, il change son absence
Dans une bouche où sa forme se meurt,
Je hume ici ma future fumée,
Et le ciel chante à l'âme consumée
Le changement des rives en rumeur.

Beau ciel, vrai ciel, regarde-moi qui change !
Après tant d'orgueil, après tant d'étrange
Oisiveté, mais pleine de pouvoir,
Je m'abandonne à ce brillant espace,
Sur les maisons des morts mon ombre passe
Qui m'apprivoise à son frêle mouvoir.

L'âme exposée aux torches du solstice,
Je te soutiens, admirable justice
De la lumière aux armes sans pitié !
Je te rends pure à ta place première,
Regarde-toi !... Mais rendre la lumière
Suppose d'ombre une morne moitié.

O pour moi seul, à moi seul, en moi-même,
Auprès d'un cœur, aux sources du poème,
Entre le vide et l'événement pur,
J'attends l'écho de ma grandeur interne,
Amère, sombre et sonore citerne,
Sonnant dans l'âme un creux toujours futur !

Sais-tu, fausse captive des feuillages,
Golfe mangeur de ces maigres grillages,
Sur mes yeux clos, secrets éblouissants,
Quel corps me traîne à sa fin paresseuse,
Quel front l'attire à cette terre osseuse ?
Une étincelle y pense à mes absents.

Fermé, sacré, plein d'un feu sans matière,
Fragment terrestre offert à la lumière,
Ce lieu me plaît, dominé de flambeaux,
Composé d'or, de pierre et d'arbres sombres,
Où tant de marbre est tremblant sur tant d'ombres ;
La mer fidèle y dort sur mes tombeaux !

Chienne splendide, écarte l'idolâtre !
Quand solitaire au sourire de pâtre,
Je pais longtemps, moutons mystérieux,
Le blanc troupeau de mes tranquilles tombes,
Éloignes-en les prudentes colombes,
Les songes vains, les anges curieux !

Ici venu, l'avenir est paresse.
L'insecte net gratte la sécheresse ;
Tout est brûlé, défait, reçu dans l'air
A je ne sais quelle sévère essence...
La vie est vaste, étant ivre d'absence,
Et l'amertume est douce, et l'esprit clair.

Les morts cachés sont bien dans cette terre
Qui les réchauffe et sèche leur mystère.
Midi là-haut, Midi sans mouvement
En soi se pense et convient à soi-même...
Tête complète et parfait diadème,
Je suis en toi le secret changement.

Tu n'as que moi pour contenir tes craintes !
Mes repentirs, mes doutes, mes contraintes
Sont le défaut de ton grand diamant !...
Mais dans leur nuit toute lourde de marbres,
Un peuple vague aux racines des arbres
A pris déjà ton parti lentement.

Ils ont fondu dans une absence épaisse,
L'argile rouge a bu la blanche espèce,
Le don de vivre a passé dans les fleurs !
Où sont des morts les phrases familières,
L'art personnel, les âmes singulières ?
La larve file où se formaient les pleurs.

Les cris aigus des filles chatouillées,
Les yeux, les dents, les paupières mouillées,
Le sein charmant qui joue avec le feu,
Le sang qui brille aux lèvres qui se rendent,
Les derniers dons, les doigts qui les défendent,
Tout va sous terre et rentre dans le jeu !

Et vous, grande âme, espérez-vous un songe
Qui n'aura plus ces couleurs de mensonge
Qu'aux yeux de chair l'onde et l'or font ici ?
Chanterez-vous quand serez vaporeuse ?
Allez ! Tout fuit ! Ma présence est poreuse,
La sainte impatience meurt aussi !

Maigre immortalité noire et dorée,
Consolatrice affreusement laurée,
Qui de la mort fais un sein maternel,
Le beau mensonge et la pieuse ruse !
Qui ne connaît, et qui ne les refuse,
Ce crâne vide et ce rire éternel !

Pères profonds, têtes inhabitées,
Qui sous le poids de tant de pelletées,
Êtes la terre et confondez nos pas,
Le vrai rongeur, le ver irréfutable
N'est point pour vous qui dormez sous la table,
Il vit de vie, il ne me quitte pas !

Amour, peut-être, ou de moi-même haine ?
Sa dent secrète est de moi si prochaine
Que tous les noms lui peuvent convenir !
Qu'importe ! Il voit, il veut, il songe, il touche !
Ma chair lui plaît, et jusque sur ma couche,
A ce vivant je vis d'appartenir !

Zénon ! Cruel Zénon ! Zénon d'Élée !
M'as-tu percé de cette flèche ailée
Qui vibre, vole, et qui ne vole pas !
Le son m'enfante et la flèche me tue !
Ah ! le Soleil... Quelle ombre de tortue
Pour l'âme, Achille immobile à grands pas !

Non, non !... Debout ! Dans l'ère successive !
Brisez, mon corps, cette forme pensive !
Buvez, mon sein, la naissance du vent !
Une fraîcheur, de la mer exhalée,
Me rend mon âme... O puissance salée !
Courons à l'onde en rejaillir vivant !

Oui ! Grande mer de délires douée,
Peau de panthère et chlamyde trouée
De mille et mille idoles du soleil,
Hydre absolue, ivre de ta chair bleue,
Qui te remords l'étincelante queue
Dans un tumulte au silence pareil,

Le vent se lève !... Il faut tenter de vivre !
L'air immense ouvre et referme mon livre,
La vague en poudre ose jaillir des rocs !
Envolez-vous, pages tout éblouies !
Rompez, vagues ! Rompez d'eaux réjouies
Ce toit tranquille où picoraient des focs !

ODE SECRÈTE

Chute superbe, fin si douce,
Oubli des luttes, quel délice
Que d'étendre à même la mousse
Après la danse, le corps lisse !

Jamais une telle lueur
Que ces étincelles d'été
Sur un front semé de sueur
N'avait la victoire fêté !

Mais touché par le Crépuscule,
Ce grand corps qui fit tant de choses,

ODE SECRÈTE

Qui dansait, qui rompit Hercule,
N'est plus qu'une masse de roses !

Dormez, sous les pas sidéraux,
Vainqueur lentement désuni,
Car l'Hydre inhérente au héros
S'est éployée à l'infini...

O quel Taureau, quel Chien, quelle Ourse,
Quels objets de victoire énorme,
Quand elle entre aux temps sans ressource
L'âme extraordinaire forme !

Fin suprême, étincellement
Qui par les monstres et les dieux,
Proclame universellement
Les grands actes qui sont aux Cieux !

LE RAMEUR

A André Lebey

Penché contre un grand fleuve, infiniment mes rames
M'arrachent à regret aux riants environs ;
Ame aux pesantes mains, pleines des avirons,
Il faut que le ciel cède au glas des lentes lames.

Le cœur dur, l'œil distrait des beautés que je bats,
Laissant autour de moi mûrir des cercles d'onde,
Je veux à larges coups rompre l'illustre monde
De feuilles et de feu que je chante tout bas.

Arbres sur qui je passe, ample et naïve moire,
Eau de ramages peinte, et paix de l'accompli,

LE RAMEUR

Déchire-les, ma barque, impose leur un pli
Qui coure du grand calme abolir la mémoire.

Jamais, charmes du jour, jamais vos grâces n'ont
Tant souffert d'un rebelle essayant sa défense :
Mais, comme les soleils m'ont tiré de l'enfance,
Je remonte à la source où cesse même un nom.

En vain toute la nymphe énorme et continue
Empêche de bras purs mes membres harassés ;
Je romprai lentement mille liens glacés
Et les barbes d'argent de sa puissance nue.

Ce bruit secret des eaux, ce fleuve étrangement
Place mes jours dorés sous un bandeau de soie ;
Rien plus aveuglément n'use l'antique joie
Qu'un bruit de fuite égale et de nul changement.

Sous les ponts annelés, l'eau profonde me porte,
Voûtes pleines de vent, de murmure et de nuit,
Ils courent sur un front qu'ils écrasent d'ennui,
Mais dont l'os orgueilleux est plus dur que leur porte.

Leur nuit passe longtemps. L'âme baisse sous eux
Ses sensibles soleils et ses promptes paupières,
Quand, par le mouvement qui me revêt de pierres,
Je m'enfonce au mépris de tant d'azur oiseux.

PALME

A Jeannie

De sa grâce redoutable
Voilant à peine l'éclat,
Un ange met sur ma table
Le pain tendre, le lait plat ;
Il me fait de la paupière
Le signe d'une prière
Qui parle à ma vision :
— Calme, calme, reste calme !
Connais le poids d'une palme
Portant sa profusion !

Pour autant qu'elle se plie
A l'abondance des biens,
Sa figure est accomplie,
Ses fruits lourds sont ses liens.
Admire comme elle vibre,
Et comme une lente fibre
Qui divise le moment,
Départage sans mystère
L'attirance de la terre
Et le poids du firmament !

Ce bel arbitre mobile
Entre l'ombre et le soleil,
Simule d'une sibylle
La sagesse et le sommeil.
Autour d'une même place
L'ample palme ne se lasse
Des appels ni des adieux...
Qu'elle est noble, qu'elle est tendre !
Qu'elle est digne de s'attendre
A la seule main des dieux !

PALME

L'or léger qu'elle murmure
Sonne au simple doigt de l'air,
Et d'une soyeuse armure
Charge l'âme du désert.
Une voix impérissable
Qu'elle rend au vent de sable
Qui l'arrose de ses grains,
A soi-même sert d'oracle,
Et se flatte du miracle
Que se chantent les chagrins.

Cependant qu'elle s'ignore
Entre le sable et le ciel,
Chaque jour qui luit encore
Lui compose un peu de miel.
Sa douceur est mesurée
Par la divine durée
Qui ne compte pas les jours,
Mais bien qui les dissimule
Dans un suc où s'accumule
Tout l'arome des amours.

Parfois si l'on désespère,
Si l'adorable rigueur
Malgré tes larmes n'opère
Que sous ombre de langueur,
N'accuse pas d'être avare
Une Sage qui prépare
Tant d'or et d'autorité :
Par la sève solennelle
Une espérance éternelle
Monte à la maturité !

Ces jours qui te semblent vides
Et perdus pour l'univers
Ont des racines avides
Qui travaillent les déserts.
La substance chevelue
Par les ténèbres élue
Ne peut s'arrêter jamais
Jusqu'aux entrailles du monde,
De poursuivre l'eau profonde
Que demandent les sommets.

PALME

Patience, patience,
Patience dans l'azur !
Chaque atome de silence
Est la chance d'un fruit mûr !
Viendra l'heureuse surprise :
Une colombe, la brise,
L'ébranlement le plus doux,
Une femme qui s'appuie,
Feront tomber cette pluie
Où l'on se jette à genoux !

Qu'un peuple à présent s'écroule,
Palme !... irrésistiblement !
Dans la poudre qu'il se roule
Sur les fruits du firmament !
Tu n'as pas perdu ces heures,
Si légère tu demeures
Après ces beaux abandons ;
Pareille à celui qui pense
Et dont l'âme se dépense
A s'accroître de ses dons !

TABLE DES MATIÈRES

CE LIVRE
A ÉTÉ IMPRIMÉ
PAR
MAURICE DARANTIERE
A DIJON
EN DÉCEMBRE
M. CM. XXVI

www.ingramcontent.com/pod-product-compliance
Lightning Source LLC
LaVergne TN
LVHW012019220826
846092LV00001B/409

* 9 7 8 2 3 2 9 7 7 5 6 2 3 *